Wolf Feichenfeld

Die zwei letzten Abschnitte des Pentateuch's

Antigonos

Wolf Feichenfeld

Die zwei letzten Abschnitte des Pentateuch's

Unveränderter Nachdruck der Originalausgabe von 1866.

1. Auflage 2024 | ISBN: 978-3-38637-088-2

Antigonos Verlag ist ein Imprint der Outlook Verlagsgesellschaft mbH.

Verlag: Outlook Verlag GmbH, Zeilweg 44, 60439 Frankfurt, Deutschland, info@outlook-verlag.de
Vertretungsberechtigt: E. Roepke, Zeilweg 44, 60439 Frankfurt, Deutschland
Druck: Libri Plureos GmbH, Friedensallee 273, 22763 Hamburg, Deutschland

Die

zwei letzten Abschnitte

des

Pentateuch's,

übersetzt und erklärt

von

Dr. W. Feilchenfeld,

Rabbiner der Synagogen-Gemeinde Düsseldorf.

Düsseldorf, 1866.

Commissions-Verlag von Wilh. de Haen.

Dem zartsinnigen Menschenfreunde,

dem verdienstvollen Gemeinde-Vorsteher,

dem Förderer religiösen Wissens und religiösen Lebens

Herrn Samuel Heinr. Prag,

z. Z. Stadtrath in Düsseldorf

als Liebesgabe

zur siebzigsten Geburtstagsfeier

den 28. Teiweis 5626 (15. Januar 1866)

in hochachtungsvoller Freundschaft

gewidmet

vom

Verfasser.

Deuteronomium.

(Ad. ist in der Uebersetzung anstatt des unaussprechlichen und unübersetzbaren vierbuchstabigen Gottesnamens gebraucht.)

Cap. 32.

Das prophetische Lied. האזינו

1. Merket auf, Himmel, so will ich reden, und es höre die Erde meines Mundes Aussprüche!

2. Möchte einschlagen, dem Regen gleich, meine Lehre, rieseln, wie der Thau, meine Rede, wie Regenschauer auf Sprossen, wie Güsse auf Kräuter!

3. Denn Ad.'s Namen will ich verkündigen; bringet Huldigung unserem Gotte!

* * *

4. Der Hort, makellos Sein Wirken, — denn alle Seine Wege sind Gerechtigkeit, — ein Gott der Treue, ohne Fehl, gerecht und gerade ist Er.

5. Entartet ist Ihm — nein, Seiner Kinder Makel ist es, — ein krummes, verkehrtes Geschlecht.

6. Wollt ihr Ad. Solches vergelten, elendes, unkluges Volk? Ist Er nicht dein Vater, der dich erworben? Er hat dich gemacht und gefestigt.

7. Denke an die Tage der Urzeit, erwäget die Jahre von Geschlecht zu Geschlecht: frage deinen Vater, dass er dir's verkünde, deine Alten, dass sie dir's sagen.

8. Als der Höchste Nationen Besitz gab, als Er Menschenkinder schied, setzte Er Völkergrenzen für das Häuflein der Kinder Iisrael's.

9. Denn Ad.'s Theil ist Sein Volk, Jakob der Landstrich Seines Eigenthums.

10. Er findet es in ödem Lande, in Wüstengeheules Grausen, Er umgibt es, hat Acht darauf, bewacht es, wie den Apfel Seines Auges

11. Wie ein Adler sein Nest aufstört, über seinen Jungen schwebt, ausspannt seine Flügel, es aufnimmt, auf seinem Fittich es davonträgt:

12. So führt es Ad. abgesondert, und es ist nicht bei ihm eine fremde Macht.

13. Er lässt es thronen auf Höhen der Erde: da ass es Früchte der Flur, und saugen liess er es Honig aus dem Felsen und Oel aus dem harten Kieselgestein;

14 Rahm der Rinder und Milch der Schafe mit dem Fette der Triften und Baschan's Widder mit dem Nierenfette des Weizens und Blut der Traube, das du schäumend trinkest.

15. Da ward feist Jeschurun und stampfte, — feist wurdest du, wurdest dick und beleibt, — und es verliess den Gott, der es gemacht, und beschimpfte den Hort seiner Hilfe.

16. Sie ereiferten Ihn durch Fremde, durch Greuel kränkten sie Ihn.

17. Sie opferten den Geistern, die sind nicht Gott — Göttern, die sie nicht kannten, neuen, kürzlich angekommnen, nicht haben die gefürchtet eure Väter.

18. Den Hort, der dich geboren, stelltest du bildlich dar, und da vergassest du die Macht, die dich hervorgebracht.

19. Ad. sah es und sprühete ob der Kränkung Seiner Söhne und Töchter.

20. Da sprach Er: „Ich will verbergen Mein Antlitz vor „ihnen, will sehen, was ihr Ende wird; denn ein falsches Geschlecht „sind sie, Kinder, in denen keine Treue.

21. „Sie haben Mich ereifert durch eine Un-Macht, haben „Mich gekränkt mit ihrem Tand: so will Ich sie ereifern durch „ein Un-Volk, will durch einen elenden Stamm ihnen Kränkung „bereiten.

22. „Denn ein Feuer ist aufgelodert in Meinem Zorne, das „flammt bis zur tiefsten Hölle: es hat verzehrt das Land und „dessen Ertrag, entzündet Grundfesten der Berge.

23. „Ausschütten will Ich über sie Leiden, Meine Pfeile „an ihnen verbrauchen.

24. „Vergehend vor Hunger und aufgezehrt von Hitze und „giftiger Pest, — auch den Zahn der Thiere will Ich gegen sie „loslassen mit der Wuth der im Staube Schleichenden.

25. „Von aussen reibe das Schwert auf, in den Gemächern die „Angst so Jüngling wie Jungfrau, den Säugling mit dem greisen Manne!

26. ‚Ich spräche: „ein Ende mache ich mit ihnen, tilge „aus den Menschen ihr Gedächtniss:"

27. ‚Würde Ich nicht Feindes Kränkung zuziehen, ver- ‚kennen möchten es ihre Bedränger, sie möchten sprechen: „U n s e r „Arm ist hoch, nicht Ad. hat dies Alles gewirkt."

28. ‚Denn ein Volk, in Rathschlüssen verkommen, sind sie, ‚und nicht ist Einsicht in ihnen.

29. ‚Wären sie weise, so würden sie Dieses begreifen, ‚würden (dann) an i h r Ende denken:

30. „Wie könnte Einer Tausend jagen, Zwei eine Myriade „in die Flucht treiben, es sei denn, dass ihr Hort sie preisge- „geben, Ad. sie geliefert habe?

31. „Denn nicht, wie unser Hort, ist ihr Hort, und unsere „Feinde werden gerichtet.

32. „Denn von der Rebe Sedom's (war) ihre Rebe, aus den „Gefilden Amora's; ihre Beeren (waren) Giftbeeren, bittere Trau- „ben hatten sie:

33. „(Dafür ist) Schlangengeifer ihr Wein und grausames „Gift der Ottern."

34. ‚Ist das nicht geborgen bei Mir, verschlossen in Meinen ‚Behältern?

35. ‚Mir (gehört) Rache und Vergeltung zur Zeit, da wan- ‚ken wird ihr Fuss, weil nahe ist der Tag ihres Unheiles, und ‚das für sie Bereite rasch kommt.'

36. Denn annehmen wird Sich Ad. Seines Volkes, wird Seiner Knechte Sich erbarmen, wenn Er siehet. dass die Macht geschwunden, Nichts behalten oder gelassen ist,

37. Und Er spricht: ‚Wo sind ihre Götter? (wo) der Hort, ‚bei dem sie sich geborgen?

38. ‚(Sie,) die das Fett ihrer Opfer verzehren, den Wein ‚ihrer Spende trinken, mögen aufstehen und euch helfen, (jener) ‚sei über euch ein Schirm!

39. ‚Sehet jetzt, dass Ich, Ich es bin, und kein Gott neben ‚Mir: Ich tödte, und Ich kann beleben, habe ich verwundet, so ‚muss I c h heilen, und Keiner errettet aus Meiner Hand.

40. ‚Denn Ich erhebe zum Himmel Meine Hand und spreche: „So wahr Ich ewig lebe!

41. „Wenn Ich geschärft hätte Meines Schwertes Blitz,

„und Meine Hand das Gericht erfassete: vergälte Ich Rache Mei-
„nen Gegnern, und Meinen Hassern würde Ich bezahlen;

42. „(Dann) machte Ich trunken Meine Pfeile von Blut,
„und Mein Schwert frässe Fleisch, vom Blute des Erschlagenen
„und Gefangener, von dem Haupte feindlicher Empörungen!"

*   *   *

43. Stimmet Jubel an, Nationen, für Sein Volk! Denn das
Blut Seiner Knechte wird Er rächen, und Rache vergilt Er (nur)
Seinen Feinden, dass Er Seinen Boden entsündige, Sein Volk.

---

44. Und Moscheh kam und redete alle Worte dieses Liedes
vor den Ohren des Volkes, er und Hoscheah, Sohn Nun's.

45. Und Moscheh hatte zu Ende geredet alle diese Worte
zu ganz Iisrael:

46. Da sprach er zu ihnen: Richtet euer Herz auf alle
die Worte, mit denen ich heute euch verwarne, mit denen ihr
euren Kindern befehlen sollt zu beobachten uud auszuüben alle
Worte dieser Lehre.

47. Denn nicht ein Bedeutungsloses ist es für euch: denn
es ist euer Leben, und durch diese Sache werdet ihr lange Tage
bleiben auf dem Boden, welchen in Besitz zu nehmen ihr dorthin
über den Jordan ziehet.

48. Und es redete Ad. zu Moscheh an diesem selbigen
Tage, sprechend:

49. Steige auf diesen Berg des Abarim-Gebirges, den Berg
Nebo, welcher im Lande Moab, der Angesichts Jerecho, und siehe
das Land Kanaan, das Ich den Kindern Jisraels zum Eigenthum
gebe;

50. Und stirb (dann) auf dem Berge, dahin du aufsteigst,
und kehre heim zu den Deinigen, wie Aharon, dein Bruder, auf
dem Berge Hor gestorben und zu den Seinigen heimgekehrt ist,

51. Weil ihr untreu gehandelt an Mir inmitten der Kinder
Jisraels bei dem Haderwasser zu Kadesch in der Wüste Zin, weil
ihr Mich nicht geheiligt habt inmitten der Kinder Jisraels.

52. Denn gegenüber sollst du sehen das Land, aber dorthin kommen sollst du nicht, in das Land, welches Ich den Kindern Jisraels gebe.

Cap. 33.

Der Segen Moscheh's. וזאת הברכה

1. Und dies ist der Segen, damit Moscheh, der Mann Gottes, die Kinder Jisraels vor seinem Tode gesegnet hat:

2. Er sprach: Ad. ist vom Sinai gekommen, von Sëir aus ihnen aufgegangen, hat vom Berge Paran's aus geleuchtet, und aus heiliger Myriaden Mitte war Er da: aus Seiner Rechten strahlte ihnen Feuer.*

3. Auch der Liebling unter Völkern — alle seine Heiligen in Deiner Hand, und sie hingestreckt zu Deinen Füssen, — hebt an in Folge Deiner Reden:

4. „Eine L e h r e hat uns Moscheh geboten: Eigenthum „wird die Gemeinde Jakobs!"**

5. So ward in Jeschurun ein König, indem versammelt waren Volkes Haufen, insgesammt die Stämme Jisraels. —

6. Es lebe Rëuben, er sterbe nicht, und seine Mannen seien eine Anzahl! —

7. Und Dies für Jehudah, er sprach: Höre, Ad., die Stimme Jehudah's, und zu seinem Volke lasse ihn heimkehren! Mit seinen Armen hat er für dieses gestritten, und ein Beistand gegen seine Feinde mögest Du ihm sein! —

8. Und von Lewi sprach er: (Gieb) Deine Tummim und Deine Urim (Deine Frömmigkeit und Dein Licht) dem Dir ergebenen Manne, den Du geprüft hast am Prüfungsorte, mit dem Du haderst (nur) wegen des Haderwassers,

9. Der von Vater und Mutter gesagt: „Hab ich nie gesehen," seiner Brüder nicht geachtet, seine Söhne nicht gekannt hat! Denn beobachtet haben sie Deinen Ausspruch, und Deinen Bund wollten sie wahren.

10. Lehren mögen sie Deine Verordnungen Jakob, Deine Lehre Jisrael, sie legen Räucherwerk vor Dein Angesicht und Brandopfer auf Deinen Altar!

11. Segne, Ad., seine Kraft, und an dem Wirken seiner Hände mögest Du Gefallen haben! Schlage auf die Lenden seine Feinde und seine Hasser, dass sie nimmer aufstehen! —

---

* nach d. bish. gew. Erkl.: aus Seiner Rechten Feuer des Gesetzes für ·ie.

** Eigenthum, näml. Gottes, vgl. 2. B. M. 19, 5. 6; n. d. bish. gew. Erkl.: Die L., welche uns Moses geboten, sei ein Erbgut der Gem. J?s!

12. Von Binjamin sprach er: Der Liebling Ad.'s wohnet sicher bei Ihm, der über ihm schwebet den ganzen Tag und innerhalb seiner Grenzen wohnet. —

13. Und von Joseph sprach er: Ad.'s Segen empfängt sein Land von dem Schatze des Himmels, vom Thau, und aus der Fluth, die unten lagert,

14. Von dem Schatze der Erträge der Sonne und von dem Schatze des Triebes der Monde,

15. Von dem Vorzüglichen der Urgebirge und von dem Schatze ewiger Hügel,

16. Von dem Schatze der Erde und ihrer Fülle und der Gnade des im Dornbusch Wohnenden: möge er* kommen auf das Haupt Joseph's, auf den Scheitel des unter seinen Brüdern Ausgezeichneten!

17. Sein Erstgeborener eines Stieres** ist majestätisch, Büffelhörner sind Dessen Hörner, damit zerstösst er Völker insgesammt, die Enden der Erde: das sind die Myriaden Ephrajim's, das sind die Tausende Menascheh's. —

18. Zu Sebulun sprach er: Freue dich, Sebulun, bei deinem Ausziehen, und, Jissachar, in deinen Zelten!

19. Sie rufen Volksmengen zur Höhe; dort opfern sie Opfer der Frömmigkeit (dafür), dass sie den Ueberfluss der Meere aufsaugen, und geborgen durch das im Sande Verborgene. —

20. Und von Gad sprach er: Gepriesen, der Gad erweitert! (Der ist) wie ein Leu, der sich gelagert hat, nachdem er den Arm, auch den Scheitel abgerissen.

21. Er hat sich ein Ersttheil ersehen; denn dort, in dem Landstrich eines Herrschers, (ist er) geborgen. (Dann) kam er an mit Haufen Volkes, Ad.'s Gutthat hat er ausgeführt und Seine Gerichte in Gemeinschaft mit Jisrael. —

22. Von Dan sprach er: Dan ist das Junge eines Löwen, das von Baschan herabschiesst. —

23. Und zu Naphtali sprach er; Naphtali, gesättigt mit Gnade und voll von dem Segen Ad's, gen Abend und gen Mittag mache Eroberung! —

––––––––––––

* dieser Segen. ** Josuah.

24. Und von Ascher sprach er: Gesegnet vor den Söhnen ist Ascher, — er sei (auch) geliebt von seinen Brüdern! — und er badet in Oel seinen Fuss. —

25. Eisen und Kupfer, wohin du den Schuh setzest, und so viele deine Tage, — dein Ueberfluss.

26. Keiner gleichet dem Gotte, Jeschurun, der, über dem Himmel thronend, dir zur Hilfe ist, und in Seiner Hoheit über Wolken.

27. Eine Burg ist der uralte Gott und unten ewige Arme. Er hat vor dir vertrieben den Feind und (dann) gesprochen: „Vertilge!"

28. So besetzte sich Jisrael, sicher in Abgeschiedenheit, (strömte) der Quell Jakobs in ein Land voll Korn und Most: auch die Himmel über ihm bersten von Thau.

29. Heil dir, Jisrael! Wer ist gleich dir, ein Volk, errettet durch Ad., den Schild deiner Hilfe, der auch das Schwert deiner Grösse? Schmeicheln müssen dir deine Feinde, und du beschreitest ihre Höhen.

Cap. 34.

Moscheh's Tod.

1. Moscheh stieg hinauf von den Steppen Moabs auf den Berg Nebo, auf die Spitze des Pisgah, der Angesichts Jerechoh. Und Ad. liess ihn schauen das ganze Land: Gilead bis Dan,

2 Ganz Naphtali, das Land Ephrajim und Menascheh, das ganze Land Jehudah bis zum hintersten Meere

3. Und das Mittagsland und den Kessel, das Thal von Jerechoh, der Palmenstadt, bis Zoar.

4. Und Ad. sprach zu ihm: Dies ist das Land, welches Ich Abraham Jizchak und Jakob zugeschworen habe, sprechend: deinen Nachkommen will ich es geben. Ich habe (es) dich schauen lassen, aber dort hinüber sollst du nicht ziehen.

5. Und es starb dort Moscheh, der Knecht Ad.'s, im Lande Moab auf Ad.'s Befehl.

6. Und Er begrub ihn in dem Thale im Lande Moab, gegenüber Bet-Peor: Niemand kennt sein Grab bis auf diesen Tag.

7. Moscheh war hundert und zwanzig Jahre alt, als er starb; doch nicht war matt geworden sein Auge, und nicht war geschwunden seine Frische.

8. Die Kinder Jisraels beweinten Moscheh in den Steppen Moabs dreissig Tage: dann war die Klagezeit der Trauer um Moscheh zu Ende.

9. Jehoschuah, Sohn Nun's, war voll vom Geiste der Weisheit: denn Moscheh hatte seine Hände auf ihn gelegt; und es gehorchten ihm die Kinder Jisraels, und sie thaten, wie Ad Moscheh geboten hatte.

10. Aber es erstand nicht noch ein Prophet in Jisrael gleich Moscheh, welchen Ad. von Angesicht zu Angesicht bedacht hat

11. Für* alle die Zeichen und Wunder, welche im Lande Mizrajim zu vollführen, Ad. ihn gesandt hat zu Pharaoh, zu allen seinen Dienern und zu seinem ganzen Lande,

12. Und für alle die grosse Macht und alles das grosse Schreckliche, das Moscheh vollführt hat vor den Augen von ganz Jisrael. —

---

* *d. h.: mit der Fähigkeit,* die Wunder u. s. w. zu vollführen.

Anmerkungen. *)

Cap. 32.

Zur Rechtfertigung einzelner Stellen ist folgender Gedankengang des Liedes in's Auge zu fassen: V. 1—2. Einleitung: Himmel und Erde sollen Aufmerksamkeit schenken der Rede, die so wirksam sein möge, wie Dasjenige, was die Himmel zur Erde senden. Denn Gottes Name wird verkündet. Diesem sollen Himmel und Erde huldigen, indem sie der Rede eines Menschen zuhören. — Die ganze folgende Rede versetzt uns in eine späte Zeit, da Israel von Gott abgefallen ist, und seine Bestrafung schon begonnen hat. — V. 4, 5. Die Strafgerichte, welche der Herr künftig einmal an Israel ausüben wird, wenn es von ihm abgefallen, werden wohlverdient sein. V. 6, 7. Darüber kann sich das entartete Geschlecht durch einen Blick in die Geschichte seiner Vorzeit belehren. V. 8—14. Der Herr hat Israel von Anbeginn so viele Wohlthaten erwiesen: Er hat es zu Seinem Volke erkoren, nachdem Er ihm schon bei der Völkertrennung einen Wohnsitz vorbehalten, hat es im Lande seiner Leiden überwacht, hat es dann wunderbar befreit und der götzendienerischen Umgebung entzogen, und hat ihm endlich ein mit allen Bodenerzeugnissen reichgesegnetes Land in Besitz gegeben. V. 15—18. Dennoch ist dies Volk, durch die Fülle übermüthig geworden, von Ihm abgefallen und hat sich fremden Göttern zu-

---

*) Die Anfangsbuchstaben bei den Citaten aus neueren Uebersetzungen und Commentaren bedeuten:

    M. = Mendelssohn's Bibelübersetzung.

    Z. = Zunz's Bibelübersetzung.

    H. = Herxheimer's Bibelwerk.

    Ph. = Philippson's Bibelwerk.

    B. = Die von dem Philippson'schen Bibelvereine edirte Uebersetzung.

    R. = Rosenmüller's Commentar.

gewendet. V. 19—25. Darüber erzürnt, beschloss der Herr, Israel
hart zu züchtigen. V. 26 - 28 Er würde vielleicht daran denken,
es ganz zu vernichten, wenn der unvernünftige Feind nicht dann
das göttliche Strafgericht als Erfolg seiner eigenen Stärke ansähe.
V. 29—33. Gerade die ungewöhnliche Leichtigkeit des Sieges,
welchen der Feind über Israel erringt, müsste diesen als Gottes
Werk kennzeichen, der sein Volk hart bestraft, weil es sich
schwer gegen Ihn versündigt hat. V. 34 - 36. Gott hält das stra-
fende Verhängniss für Israel bereit, a b e r Er behält es in Seiner
Gewalt und bewahrt Sein Volk vor dem Untergange, wenn es
am Rande des Verderbens steht. V. 37—39. Nur die Nichtig-
keit seiner Götzen und andererseits Gottes Allmacht soll Israel
fühlen. V. 40—42. Denn, wollte Gott die Strenge des Gerichtes
walten lassen, so würden seine Feinde (die Abtrünnigen Israels)
in schrecklicher Weise zu Grunde gehen. V. 43. Heil Israel! der
Tod seiner Frommen wird von Gott gerächt, und auch die Bestrafung der Abtrünnigen dient dazu, das heilige Volk und das
heilige Land von begangenen Sünden zu reinigen.

V. 2. עָרַף kann nicht mit „träufeln‟ übersetzt werden.
Denn wenn der Thau fliesst, muss der Regen mehr, als „träufeln‟,
und C. 33, 28. würde das Land Israels keinen Vorzug haben, da
auch anderwärts Thau träufelt. Die Wurzel des Wortes scheint
in רפף oder רוף zu suchen das n. Hiob. 26,1 עמודי השמים ירופפו
„zittern, schwanken‟ bedeutet. Diese Wurzel ist dann durch ein
bald vor, bald nach dem ersten Stammbuchstaben vorges. oder
eingefügtes ע (bei zwei dunkelen Kehlauten ר und ע ist diese
Transposition ganz natürlich) zu עָרַף und רָעַף verstärkt worden
(vrgl. עָצַר einengen, bändigen und צָעַר eng, klein sein aus
צוּר; בָּעַר leersein und עָבַר weggehen aus בָּרַר aussuchen u. a. m.)
רָעַף und עָרַף bedeuten also s c h w a n k e n, b e r s t e n, brechen,
dah. Ps. 65, 12, 13., wo die Bedeutung „träufeln‟ wieder ganz
unpassend, weil jedenfalls d. Weidetriften nicht gerade i. d. Höhe sind,
vielmehr: die Wege des Herrn und die Triften schwanken, bre-
chen unter der Last des göttl. Segens, sind brechend voll davon.

Ies. 45, 8. הִרְעִיפוּ שָׁמַיִם מִמַּעַל hat das Hiphil entweder intransitive Bedeutung, wie bei anderen Verbis, die einen Zustand ausdrücken (הִלְבִּין, הִשְׁחִיר etc.), uud bedeutet das Uebergehn in den Zustand, oder die Last der Wolken, der Regen soll durch seine Fülle ins Schwanken kommen und hervorbrechen. עָרַף findet sich dann in transitiver Bedeutung zertrümmern: Hos. 10, 2. In anderen Stellen (2 M. 13, 14 u. a. m.) bedeutet es speciell das Genick brechen und ist Denominat. von עֹרֶף, Nacken. Aber auch dies Wort ist nicht primitiv, da sich Primitiv-Wurzeln nur als Bezeichnungen für die Haupttheile des Körpers d. h. die für uns in's Auge fallenden Theile (wie רֹאשׁ, רֶגֶל, עַיִן, אֹזֶן etc.) finden dürften. Vielmehr heisst das Genick עֹרֶף als die schwankende, nickende, biegsame Stelle zwischen Kopf und Rumpf. C. 33, 28 übersetze man daher: die Himmel brechen, bersten von Thau (cf. פִּצְחוּ רִנָּה, das Herverbrechende als Object des Brechens) oder: sie lassen Th. hervorstürzen. In unserer Stelle endlich dürfte das Wort einschlagen sowohl als Intransitiv das Niederstürzen des Regens wie als Transitiv die von demselben bewirkte Erschütterung des Bodens (resp. die durch die Lehre bew. Ersch. des Gemüthes) bezeichnen. — Das den Ww. עֲרִיפִים Finsterniss (Ies. 5, 30) und עֲרָפֶל, Nebel zu Grunde liegende Wurzelwort עָרֵף hängt mit עָרַב vermischt dunkel sein zusammen.

V. 3. vrgl. Einl.. הָבוּ גֹדֶל ist an die V. 1. angeredeten שָׁמַיִם וָאָרֶץ gerichtet, da in d. ganzen Liede nirgend das Moscheh gleichzeitige Israel angeredet wird. Darum muss כִּי am Anfang des V mit „denn" übersetzt werden. Dennoch ist aus dem V. die von unseren Weisen daran geknüpfte Halachah, dass man Gott huldigen müsse, so oft Sein Name genannt wird, deutlich zu entnehmen.

V. 5. Das „doch" am Anfange des V.'s (H., Ph, B.) würde den Zusammenhang stören, da dieser Vers gerade die im vor V behauptete Gerechtigkeit Gottes begründen soll. Der Vers selbst ist von allen bisherigen Erkl. und Uebers. unnatürlich verrenkt worden. Nach meiner Uebersetzung, die allein den Accenten gemäss, dient das parenthetisch eingeschobene בָּנָיו מוּמָם zur לֹא

Correctur des vorhergehenden שחת לו, dessen Subject dann
דור עקש ופ׳. V. 6 נבל welk, dann elend, ohne moralischen,
wie das welke Blatt ohne physischen Halt. V. 8. Der Sinn: Als
Gott den grossen Völkern der Erde ihre Länder anwies, hat er
diese so abgegrenzt, dassEr für das kleine Häuflein Israels (welches damals noch gar nicht existirte,) den für dasselbe bestimmten Wohnsitz vorbehielt. Aehnlich Herder (citirt bei H.). — Dieser
Gedanke tritt in den anderen Uebers. nicht genug hervor. למ ספר
ב״י, wie gewöhnlich — למתי מספר. —

V. 10. Unter dem „öden Lande‟ verstehe ich Mizrajim, das
wegen des Elends, das Israel darin erlitten, und andererseits wegen des „wüsten‟ d. h. unfruchtbaren Götzendienstes, welcher,
darin herrschte, solche Bezeichnung verdiente, auch, weil wenige
Menschen im edleren Sinne des Wortes da waren. Die Bewohner
waren grausam wie „Heulthiere‟ vgl. Ies. C. 12, 8., auch Ierem.
2, 31. המדבר הייתי לישראל und Hos. 9. 10. כענבים במדבר
מצאתיך יש׳. Das Aufstören und Davontragen des Nestes im
folg. V. bezieht sich offenbar auf die Befreiung aus Miz., vrgl.
2 M. 19, 4. Eben deshalb kann auch יכוננהו nicht mit den alten Erkl. auf die Gesetzgebung bezogen werden, was auch wegen
der vor- und nachstehenden Verba, die ein äusseres Ueberwachen
bezeichnen, unpassend erscheint. — אישון ist kein Männlein (Z.)
und kein Bild (B.), sondern d. Grund, Kern des Auges, der
Finsterniss (Spr. 7, 9; 20, 20.) = אישות (Ier. 50, 10.) und
אשישים (Ies. 16, 7) von אשה oder אשש.

V. 11. ישאהו ist hier nicht bloss t r a g e n, sond. d a v o n -
tragen.

V. 12. Bezieht man mit d. meist. Erkl. ברך und עמו auf Gott,
so hat die Vergleichung mit d. Adler kein eigentliches Object.
Der Sinn ist vielmehr · Wie der Adler sein Nest (wenn es gefähr-
det ist,) an einen sicheren Ort davonträgt, so hat der Herr Sein
Volk aus der Mitte des götzendienerischen Mizrajim an einen
sichern, abgeschiedenen Ort (vegl. C. 33, 28 und 4 M. 23, 9 u.
sonst) gebracht, wo es keine fremden Götter in seiner Nähe hat.
So ungefähr erklärt schon Ibn Esra.

V. 13. Höhen der E r d e d. h. das höchste oder das beste

Land. „Die Höhen eines Landes besteigen" (B.) im Sinne von C. 33, 29, d. h. es erobern giebt einen matten Sinn. Die Bedeutung einherfahren (H.) liegt weder in dem Worte, noch passt sie zu unserer Stelle. — Die Flur ist hier im Gegensatze zu dem folgenden Gestein. חלמיש צור könnte man auch genauer scharfer (d. h. kantiger) oder harter Kiesel übersetzen. Denn צור bedeutet 2 M. 4, 25, Ios. 5, 2 u. Ps. 89, 44 Schärfe oder einen scharfen Gegenstand, wohl hergenommen von dem Eindringen der Schärfe. Andererseits bedentet צור den gedrungen festen, daher harten Kiesel.

V. 14. כרים erklärt schon Raschbam durch Triften wie Ps. 65, 14 parallel עמקים und Ies. 30, 23.. Die Zusammenstellung von Rahm und Milch mit Fett der Lämmer, an dessen Erwähnung J. E. eine halach. Consequenz knüpft, erscheint minder passend, als die mit dem Fett der Triften, worunter die besten Weidelämmer verstanden werden können. Auch kann man bei Fett d. Tr. an die kräftigen Erzeugnisse der Weideplätze denken, welche der Mensch in der Milch und dem Rahm der Thiere mittelbar geniesst, vielleicht auch an solche Producte der Triften, die der Mensch unmittelbar geniesst. Nach dieser letzteren Erkl. wären sehr passend in beiden Vershälften je zwei Erzeugnisse des Thierreichs mit einem vegetabilischen Producte zusammengestellt. Nierenfett, d. h. das Vorzüglichste — V. 15 stampfte. Das Stampfen ist auch ein Zeichen übermüthigen Wohlbefindens. Die gewöhnl. Uebersetzung ausschlagen passt nicht in der andern Stelle 1 Sam. 2, 29, wo es: „mit Füssen treten" heissen muss und im Talmud bdtt. בעט auch: treten, stampfen. — נבל bdtt. nicht verstossen. (B.) und auch kaum „erniedrigen" (Z.), sondern lästern, beschimpfen vgl. Mich. 7, 6.

V. 18. תשי Um den Schwierigkeiten zu entgehen, welche, die sonst übliche Ableitung des Wortes von נשה vergessen hat, ist man zur Annahme eines sonst nicht vorkommenden und gegen den gewöhnlichen Lautwandel von dem Arab. שדא abgeleiteten Wortes שיה gekommen, welches „vernachlässigen" bedeuten soll (Ges.). Ewald Gramm. §. 297. leitet es auch von שיה

ab, das nach ihm = שׁוֹא (sic), ohne die Bedeutung dieses sonst nicht
vorkommenden Verbi anzugeben. Mir scheint es ohne Zwang
von שׁוה, gleichsein abzuleiten, und zwar sehe ich das Wort
nicht, wie Ewald u. A. für ein Futurum Kal, sondern für ein Fut.
apoc. Hiphil an, analog תֵּגֵל (tegel) nur dass ו mit dem vorhergehenden schwachen Vocal zu יְ‑ verschmolzen ist. Auch Jesajas 46, 5
(לְמִי תְדַמְּיוּנִי וְתַשְׁווּ) wird dasselbe Verbum הִשְׁוָה, und
Jes. 40, 25. wird das Kal desselben Verbi gebraucht, um die Un-
zulässigkeit und Widersinnigkeit jeder sinnlich bildlichen
Darstellung unseres Gottes und Seiner Anbetnng unter sinn-
lichen Formen su erweisen. Wie kann man, frägt der Prophet,
von dem allmächtigen Schöpfer und Herrn des unendlichen Welt-
alls ein endliches Abbild anfertigen, das als Sein שׁוֹה oder
דְמוּת, als ihm ähnlich anzuerkennen wäre? (Vgl. 2. B. M. 20, 22,
23 u. a. St.) Dieses Herabziehen des Schöpfers (des Felsens, der
dich geboren) in die Sinnlichkeit durch bildliche Darstellung
desselben wird auch in unserer Stelle als Beginn und Veranlas-
sung des Abfalls von dem Gotte der Offenbarung („der Macht
die dich hervorgebracht") angegeben. —

Der Gebrauch des Futuri apocopati in der Erzählung, wird
durch die Lebhaftigkeit der Schilderung gerechtfertigt. Vielleicht
soll auch durch dasselbe schon der Beginn des Bilderdienstes
als erste Quelle des Abfalls erscheinen. Vgl. Ewald Gr. am an-
gegebenen O.: Beispiele vom Gebrauche des Fut. apoc. ohne
Waw consec. z. B. Hos. 6, 1 יַךְ וְיַחְבְּשֵׁנוּ.

V. 19. Sprühte, Die Bedeutung „verwerfen", welche die
meisten neueren Erkl. nach Gesen. Wb. haben, passt hier nicht,
weil das Verbum dann gegenstandlos wäre, ebenso wenig Jerem.
14, 21 אַל תִּנְאֵץ לְמַעַן שְׁמֶךָ. An anderen Stellen ist sie zu matt
wie Jer. 33, 24. אֵת עַמִּי יִנְאָצוּן u. and. St. Onk. übers. וּתְקֵף
רוּגְזֵי ebenso LXX: ἐζήλωσε, so auch Raschi und J. E.. Demnach
dürfte das Wort als eine Erweiterung von נצץ glänzen, strahlen
ursprünglich: sprühen, heftig zürnen, wüthen bedeuten,
so an uns. St. u. Jerm. 14, 21. Aus dieser Grundbedeutung entsteht dann die transit. Bedeutung: geg. Jemanden wüthen, ihn
begeifern, verhöhnen, Jer. 33, 23; Ps. 107, 11, Spr. 1, 30;

5, 12; 15, 5. Im Piel bedeutet es ebenf. verhöhnen Num. 14,
11; 23; 16, 30; Deut. 31, 20; 1 Sam. 2, 17; Jes. 1, 4, 5, 24; 60,
14; Jer. 23, 17; Ps. 10, 3, 13; 74, 10, 18, dann: zum Hohn reizen 2 Sam. 12, 14; ebenso im Hitpöel: Jes. 52, 5: sich dem
Hohne preisgeben, verhöhnt werden (in dies. letzteren
Stelle passt wieder d. כל היום nicht zu verwerfen oder ver-
achten, da eine Stimmung gewöhnlich „den ganzen Tag" dau-
ert, nicht aber eine einzelne Handlung). — Das Substant. נאצה
bedeutet auch an allen St. (2 Kön. 19, 3; Jes. 37, 3; Ez. 35, 12;
Nehem. 9, 18, 26) durchaus eine kundgegebene Verhöhnung, nicht
eine Verwerfung oder eine stille Verachtung.

V. 21. Tand als Collectivbegriff dürfte ebenfalls dem hebr.
Plural entsprechen und bezeichnender sein. als „Nichtigkeiten"
oder „Eitelkeiten." (Ph.)

V. 22. Die Verba sind, gleich dem Original, als Präterita
übersetzt. Denn die prophetische Rede stellt das zukünftige
Strafgericht als schon begonnen habend d. und erklärt es durch
die Sündhaftigkeit des Volkes. Auch ist in der Vorstellung des
göttl. Richters das Land schon von seinem Zorne verzehrt, wenn
auch das Fortschreiten des Unglücks im folgenden V. noch
als zukünftig dargestellt wird.

V. 24. Das Anakoluth in der ersten Hälfte des V. ist bei-
behalten. — Das Wurzelwort des Adjectivs מזה leite ich nicht
mit Gesenius von dem Arab. מן = מצץ aussaugen ab, sondern
(mit Ralbag) von dem hebr. מסה zergehen, vergehen (Ps. 6, 7),
wozu schon Raschbam die Analogie des talmudischen נתמומן
מומי anführt, so auch LXX: τηκόμενοι. Dagegen erscheint d. von
Jbn E. angeführte Bedeutung „verbrannt" nach Analogie des
chald. למזא לאחתא Dan. 3, 19. durchaus unstatthaft, da die
Wurzel dieses Infinitivs אזא oder אזה, nicht מזה ist, wie
aus Dan. 3, 22 ersichtlich. Man kann nicht mit Z. „die Auszeh-
rung des H. und das Hinnrafen des F." übersetzen", da allenfalls
wohl לחנמים in חנטים, das Einbalsamiren, Gen. 50, 3,
dagegen מזים als abstracte Substantivform schwerlich eine Analogie haben dürfte. —

V. 26. אמרתי stände ganz überflüssig, wenn es nicht als

Vordersatz des folgenden Verses zu fassen wäre, was von Z. und Ph. übersehen worden, so schon H. — אמאיתם mit פאה, das Ende verwandt wie Jes. 7, 6 נקצנה mit קץ. And.: in alle Ecken zerstreuen. Dagegen ist d. Bedeutung verwehen (Ph.) ganz unstatthaft und höchstens als Schallnachahmung zu erklären.

V. 27. אגור leite ich nicht mit d. meist. Erkl. von גור „fürchten" ab, 1) weil לולא und auch לו, wenn diese Part etwas gegenwärtig Gedachtes einführen, sonst niemals mit dem Futur. verbunden werden 2) weil גור in d. Bedeutung „fürchten" sonst nicht d. Accus., sondern מן oder מפני nach sich hat 3) weil es unpassend erscheint, dass d. Allmächtige Etwas fürchte. J. E. combinirt das Wort mit תגרת ידך Ps. 39, 11. Aber es ist nicht erwiesen, dass גור „reizen" bedeutet. Denn auch für Ps. 140, 3 ist d. Bedeutung: (Anlässe zum Kriege) zusammenbringen ausreichend. Die Bedeutungen zuziehen, zusammenziehen, sammeln sind aus d. Schall nachahmenden Grundbedeutung gurgeln abzuleiten. D. Futur nach לולא ist bei dieser Erklärung nicht anstössig, weil d. Zuziehn d. Kränkung erst durch die Ausführung des אמרתי eintreten würde, also mit diesem nicht gleichzeitig, sondern als zukünftig vorgestellt wird. Das „Mir" nach „zuziehen" ist absichtl. ausgelassen, weil es so d. göttl. Majestät angemessener scheint.

V. 28. אבד ist immer intransitiv, wie J. E. bemerkt, und bedeutet nicht: verlieren, sondern verloren gehn, irren, verkommen sein mit dem Accus. des Gegenstandes, in Bezug auf welchen man irrt, daher kann man nicht übersetzen: sonder Rath (Gesen Lex.) od.: klugen Sinnes beraubt (Z.). V. 29. Der Wechsel der Zeiten zeigt, wie in d. V. Vorder- und Nachsatz zu trennen sind, was von Ph. und Z. nicht beachtet worden.

V. 30—33 giebt die Betrachtung, welche die Feinde anstellen sollten: Der beispiellos leichte Sieg über Israel bliebe unerklärlich, wenn man nicht annähme, dass sein Gott es preisgegeben. Denn dieser ist ein Gott der Gerechtigkeit, also Israels Niederlage nur eine Strafe für begangene Sünden (V. 30, 31). Und Israel hat sich schwer versündigt, wie Sedom (V. 32), darum werden sie demgemäss gezüchtigt (V. 33,) Wie wird es einst uns ergehen? (Sie sollten an ihr Ende denken!)

V. 31. Israel (müssten die Heiden bekennen,) hat einen ganz anders gearteten Gott, der, ungleich den heidnischen Göttern, weder durch Opfer und dgl. der Schlechten bestochen wird, noch das von ihm beschützte Volk ohne Rücksicht auf dessen Wandel beschirmt. Wie vor Allem die Gerechtigkeit Gottes den Heiden imponirt hat, sehen wir an Jithro, der unsern G. darum unvergleichlich nennt, weil er d. Egypter in derselben Weise gezüchtigt, in der sie gegen Israel gefrevelt hatten (Exod. 18, 11). Wollte man nach d. gewöhnl. Erkl. annehmen, die Feinde müssten zugestehen, dass bei gewöhnl. Laufe der Dinge ihr Schutzgott (und dadurch sie selbst) schwächer sei, als der unsrige, so müsste man לא כצורם צורנו erwarten. Eher könnte man erkl.; Ihres Gtts. Macht ist mehr ausreichend, seine Verehrer zu beschützen. Aber dieses Zugeständniss ist eben gar nicht von den Heiden zu erwarten. — Im Munde Moschehs dagegen würde der Spruch sehr matt sein, auch den Zusammenhang der Rede durchbrechen. — פלילים übersetze ich nicht mit „Richter" 1) weil es den Erkl. grosse Mühe verursacht, da mit einen vernünftigen Sinn zu gewinnen ; 2) weil die Adjectiva der Form פעיל wie d. ähnl lautende syrische Part. pass. wohl durchgehend entweder intransitive oder passive Bedeutung haben. (פקיד ist ein Angestellter und קצין nach Ew. Gr. §. 342 ein Abstractum : die Herrschaft, richtiger wohl aus „Kazjon" der Entscheidende, contrahirt, v. קצה analog אלמן abgel.) 3) weil die anderen Stellen, in denen das Wort vorkommt, sich viel natürlich durch d. Bedeutung „bestraft, strafbar" erklären, also: Exod. 21. 22 ונתן בפלילים : er muss es unter den Bestraften d: h. als Bestrafter bezahlen (vgl. Hiob. 34, 36 באנשי און), so ist Hiob. 31, 11 und 28 עון פלילים und עפללי eine Sünde der Strafbaren od. eine sträfl. S.; auch Jes. 28, 7. פקו פליליה sie haben in sträfl. Weise gewankt.

V. 32. ist die Natur des Weinstocks u. seiner Trauben ein treffendes Bild für den Character u. d. Wandel eines Volkes, vgl. Jer. 2, 21 u. oft, dagegen deutet V. 33. der aus diesen

T r a u b e n gepresste Wein auf den Kelch des Leidens, den es
zur Strafe leeren muss, vgl. z. B. Ez. 23, 32 und oft. Beide Bilder sind von d. Erkl. nicht scharf genug geschieden worden.

V. 34. D i e s e s, d. h. das Gift. Er hält die ganze verdiente
Strafe bereit, a b e r

V. 35. Er behält es Sich vor, wie Viel Er davon Israel
zukommen lasse; Er hat Sein Volk eben n i c h t dem Untergange
geweiht und ganz den Feinden preisgegeben, wenn es auch schon
am Rande des Verderbens steht.

V. 36. Denn Er nimmt sich desselben zuletzt wieder an.
דִּין heisst auch sonst oft: sich des Rechtes eines Verlassenen annehmen, so דין אלמנות u. dgl. — Bei עצור ועזוב ist es merkwürdig, zu welchen unnatürlichen u. gesuchten Erklärungen man
bisher seine Zuflucht genommen hat, ohne an die einfache zu
denken, wonach עצור das Gut bedeutet, welches der Besiegte
Geplünderte wohl verwahrt und darum b e h a l t e n, עזוב dagegen dasjenige, welches der Sieger ihm als ein unbedeutendes
oder aus sonst welchem Grunde g e l a s s e n hat, vgl. Gen. 39, 13
u. oft u. sachlich Obad. V. 5. 6.

V. 37—42 sind die Worte des Herrn, mit denen Er das
hart gezüchtigte Israel ermahnt, zu Ihm zurückzukehren, wenn es
dem Untergange nahe ist.

V. 38 j e n e r näml. d. Hort in V. 37 (Raschi u. A.)

V. 40—42 b e g r ü n d e t den früheren Ausspruch: Seht, dass
Ich allein die Macht besitze! D e n n Ich könnte, wenn Ich nach
der Schärfe des Rechts (worauf hier auch das geschärfte Schwert
deutet) verfahren wollte, meine Feinde gänzlich vertilgen. Die
traurige Lage Israels mag es belehren, dass der Herr aus Erbarmen,
und nicht aus Mangel an Macht, das in seiner Mehrzahl abtrünnige Volk vor dem völligen Untergange bewahrt! Nur so ist ein
genauer Zusammenhang mit Beachtung der grammat. Formen herzustellen. Das כִּי in V. 40 wie das in V. 36 kommt bei Philippe
gar nicht zur Geltung als begründende Partikel. — Man kann
mit directer Beziehung auf den besondern Fall übersetzen: Wenn
ich geschärft h ä t t e, und Meine Hand d. Sch. erfasste,
w ü r d e i c h vergelten u. s. w. und bezahlen, Meine Pfeile machte

19

Ich dann tr. v. Bl., u. M. Schwert frässe u. s. w. Doch ist es auch der Erhabenheit der Stelle angemessen, die Verse allgemein zu fassen: dass d. Herr, so oft er nach strengem Rechte verfährt, Seine Feinde zu Grunde richtet. — Die Gegner Gottes sind hier nicht die Feinde Israels, die, soweit sie das Maass nicht überschreiten, vielmehr Vollstrecker Seines heiligen Willens sind. Auch werden diese oben V. 27 צרימו und nicht צרי genannt. Die Feinde und Hasser G.'s sind hier die abtrünnigen Sünder, speciell die Abtrünnigen in Israel.

V. 42 שביה Abstr. pro concreto bezeichnet hier die aus ihren Wunden blutenden Gefangenen. — מראש פרעות א' bezieht sich auf תאכל בשר (J. Es.). ראש פרעות ist verschiedenartig übersetzt worden. H.'s „entblösstes Haupt" ist sprachlich nicht zu begründen, da פרע gar nicht „entblössen" bedeutet, gibt auch keinen rechten Sinn, man müsste denn das entblösste H. für ein Zeichen roher, sich empörender Kraft ansehen wie Ps. 68, 22 קדקד שער. Die Bedeutung „zerschmettertes H.", die nach Raschbam M., Z. und Ph. haben, ist auch ungerechtfertigt, da פרע ursprüngl. auflösen, in d. Bedeutg. „zerstören" nur von einem zusammengesetzten Ganzen gebraucht werden kann. D. wildwachsende Haar Lev. 10, 6. u. a. a. St. löst die Harmonie in d. äussern Erscheinung des Kopfes u. Num. 5, 18 löst d. Priester das Haargeflecht d. Frau. — Aus d. Grundbedeutung losmachen entsteht d. Bedtg.: von sich losmachen, verlassen, in der d. Wort namentl. in d. Spr. Sal. mehrfach vorkommt. J. E. citirt schon richtig das hieher gehörige בפרע פרעות Jud. 5, 2, combinirt aber auch dies auffallender Weise mit dem talmud. נפרע, sich bezahlt machen. Aber wie jene Stelle: „als Empörungen ausbrachen in J.," (nämlich gegen die Macht des fremden Unterdrückers), so bedeutet d. Ausdruck in unserer St.: das Haupt d. Empörungen, d. h. „das oft sich empörende Haupt," oder auch besser: „Das Oberhaupt von Empörungen." פרעות אויב ist nach d. Accentuation eng mit einander verbunden und von ראש getrennt (was die Ueberss. nicht beachtet haben). Aus dies. Grunde, und weil אויב in d. Einzahl, ist es als ein Begriff zu fassen und feindliche Emp. zu übersetzen.

Zu der Verbindung ראש פרעות vgl. d. analogen Vbdgen. רגל
גאוה Ps. 36, 12 und נפש ברכה Spr. 11, 25.

V. 43. Der Schlussvers enthält als Kern des ganzen Liedes die Offenbarung, dass das einstmals über Israel hereinbrechende
Strafgericht nur ein Läuterungsprocess sein werde, durch welchen
die Abtrünnigen ausgeschieden, Land und Volk von Sünde gereinigt werden, während der Herr das Blut keines seiner frommen Diener ungestraft vergiessen lassen werde, vgl. sachlich
Jes. 1, 24 ff. Hier, wie dort, und wie oben, sind die Feinde
Gottes wiederum nicht die Feinde Israels, sondern die Abtrünnigen
aus Israels Mitte. Unter „Seinen Knechten“ sind nicht alle, sondern nur die ihrem Gotte treu gebliebenen Israeliten zu verstehen
vgl. Jes. 65, 13. Die Zusicherung maassvoller, schonender und
dabei zweckentsprechender Bestrafung schliesst sich zugleich als
Gegensatz zu dem hinwegraffenden Verderben, wovon in den
früheren Versen die Rede, treffend an diese an. Stimmet Jubel
an, N., für S. V. Die Verba des Preisens, des Lobsingens
können zwar die Person oder den Gegenstand, der besungen
wird, als Object im Accus. nach sich haben, wie Jes. 12, 5, Ps.
145, 7. u. a. m. Aber es ist nicht erwiesen, dass das Hiphil
הרנין so und überhaupt anders als in causativer Bedeutung gebraucht werde. Hiob 29, 13 und Ps. 65, 9 heisst es sicher: Jemanden zum Jubel stimmen; Ps. 32, 11 werden wohl auch die, welche
geraden Herzens, zu Erregung von Jubel aufgefordert, oder sie
sollen von den früher angeredeten Gerechten zum Frohlocken angeregt werden; Ps. 81, 2 fehlt zwar das Object, aber es kann
leicht ergänzt werden, näml. das Volk, das von den Schofar blasenden Führern, Leviten zum Jubel angeregt werden soll. In
diesem Sinne übersetze ich hier: St. J. an für S. V., d. h. einen
Jubel, der sich auf das Volk übertrage. „Machet frohlocken S.
V.“ würde den falschen Sinn geben, dass die anderen Völker
Israel Freude bereiten sollen, während sie doch (V. 21) zu seiner
Bestrafung herbeigerufen werden. Auch würde für diesen Sinn
die Begründ. כי דם וגו' nicht ausreichen. — גוים ist hier absichtlich zwischen das Verbum und עמו eingeschoben, um das
Suffix des letzteren Wortes noch mehr hervortreten zu lassen. —

Dass in וְכִפֶּר nicht ein dem früheren coordinirter (H. Z.), sondern ein davon abhängiger Satz beginne, (was auch Ph. erkannt hat,) zeigt die wechselnde Zeit, d. Uebergang vom Fut. zum Praes. Vgl. übrigens sachlich Num. 35, 33, für d. Constr. v. כִּפֶּר in d. Bedeutung entsündigen mit d. Accus. Levit. 16, 20. — Die unverbundene Zusammenstellung von אַדְמָתוֹ עַמּוֹ soll wohl andeuten, dass mit der geschilderten Reinigung des Landes ja auch das Volk zugleich geläutert, wieder im eigentlichen Sinne Sein Volk werde. Die Uebersetzung hat dies wiederzugeben gesucht.

V. 47 רֵק דָּבָר ist hier nicht ein leeres Wort (H., Z., Ph.) da 1) דָּבָר hier durch d. Einzahl von דְּבָרִים im vor. Verse geschieden ist, 2) die Bedeutsamkeit des Wortes nicht ausschliessen würde, dass die mitgetheilten Gebote gleichgiltig und nutzlos seien, was aber gerade ausgeschlossen werden soll, 3) das „Wort“ nach dem Zusammenhange auf das unmittelbar vorhergehende prophet. Lied bezogen würde, während דָּבָר hier auf den Inhalt der ganzen Tora zu beziehen ist und die Sache bedeutet.

V. 49 הַר הָעֲבָרִים ist hier der einzelne Berg Nebo, ein Theil des Abarim-Gebirges, das in seiner Gesammtheit „die Berge Ab.“ genannt wird. Num. 33, 47, 48. Ebenso ist Num. 27, 12 הַר הָעֲ' הַזֶּה dieser Berg des Ab. geb.'s zu übersetzen. Dies ist von Ph. übersehen. Die Uebersetzung „Grenzberg“ bei Z. scheint darum ungerechtfertigt, weil Jer. 22, 20 Ab. ohne Artikel neben Libanon und Baschan als Eigenname gebraucht wird.

V. 50 kehre heim zu d. Deinigen. אָסַף bedeutet urspr.: etwas Verlorenes, von seinem Ganzen Getrenntes wieder zur Gesammtheit, an seinen Platz zurückbringen, dah. im Niphal zurückgebracht, eingeholt werden od. sich zurückbringen d. h. zurückkehren, so Num. 11, 30: Moscheh begab sich wieder in das Lager, (in Bezug auf Viele: sich versammeln), daher mit אֶל עַמּוֹ od. אֶל עַמָּיו oder auch mit Auslassung dieses Zusatzes: zu seinen früher verstorbenen Angehörigen eingeholt werden oder zu ihnen heimkehren, welches der bedeutsame Ausdruck für „sterben“ ist. Den Imperat. Niphal muss man entweder: „lasse dich einholen,“ oder „kehre heim“ übersetzen, da für „werde eingethan“ (H., Ph.) oder „werde eingesammelt“ (Z.) וְנֶאֱסַפְתָּ stehn würde,

Der Sinn ist natürl. derselbe. — Die Uebersetzung, „zu deinem Volke" (H., Ph.) ist grammatisch unrichtig, da im Hebr. d. Plural steht, „zu deinen Stämmen" aber (Z.) giebt keinen rechten Sinn. — עם ist nicht immer ein Volk oder ein Stamm (letzteres ist eigentl. גוי) sondern eine Ansammlung von Menschen, und der Eigenname od. das Suffix, mit dem es in Verbindung, bezeichnet die Person, zu der die „Leute" in einer Beziehung der Abhängigkeit stehn. In dieser allgemeinen Bedeutung wird namentlich d. Plural gebraucht, so z. B. Levit. 21, 1. 4, 15 u. a. m.; Richter 5, 14.

V. 52 gegenüber. מנגד ist nur die zum Adverb gewordene Präposition נגד wie מתחת, מעל, מסביב und kann daher nur „gegenüber" übersetzt werden. Allerdings setzt jedes Gegenübersein eine relative Entfernung voraus, aber dass diese gross sei, muss entweder durch eine besondere Beifügung wie Gen. 21, 16 „gegenüber einen Bogenschuss weit," 2. Kön. 2, 7. „gegenüber, in der Ferne" erklärt werden, oder aus dem Zusammenhange sich ergeben oder auch anderweitig bekannt sein. Raschi will mit der Bemerkung מרחוק nicht das Wort מנגד überhaupt, sondern den localen Sinn des Wortes erklären, dah. Onkel. immer מקביל, die LXX: $\dot{\alpha}\pi\acute{\epsilon}\nu\alpha\nu\tau\iota$ übertragen. M., H. u. Z. übersetzen also unrichtig: „von fern", und Ph. hat eine Erklärung in die Uebersetzung aufgenommen, wenn er „von fern gegenüber" hat. Abgesehen von den Stellen mit Verbis d. Trennung wie נגרזתי מנגד עיניך Ps. 31, 23. wo מן einfach Präpos. ist, und d. Begriff d. Entfernung erst entsteht, wenn durch die Trennung das Gegenübersein aufgehört hat, gibt es auch Stell., in denen מנגד gerade ein nahes Gegenüber bedeutet, so Deut. 28, 66: d. Leben schwebt dir „gegenüber", Ob. V. 11 ביום עמדך מנגד, wo das gleichgiltige Zusehen in der Nähe zum Vorwurf gemacht wird, vgl. das Verbot (3. M. C. 19.): Du sollst nicht (unthätig) stehn bei dem Blute deines Nächsten.

Cap. 33.

V. 2. Das zweimalige לְמוֹ in dem V. ist nicht auf Israel, das erst im nächsten Verse und zwar in der Einzahl besonders hervorgehoben wird, sondern auf alle Völker zu beziehn die עַמִּים des folg. V.'s, an die man, als den allgemeinsten Begriff auch ohne besondere Erwähnung leicht denken kann.

Der Sinn des V. ist: Das Licht Gottes ist den Menschen zunächst vom Sinai aufgegangen, und dann, sich immer weiter verbreitend, von Seir und Paran: es stammte aber aus höheren Sphären, aus der Umgebung d. heil. Engel (da aus dem angeführten Grunde bei רבבות קדש nicht wohl an Israel, die צבאות ה' gedacht werden kann): und zwar ist die Rede, wie d. Vers selbst erläuternd hinzugefügt, von dem Feuer, das weithin leuchtend während der Offenbarung auf Sinai flammte.

war Er da = war er gekommen. — Gegen die gewöhnliche Erklärung von אֵשׁדָּת durch „Feuer des Gesetzes" habe ich zu erinnern: 1) Ist das Subst. דָּת erst in d. späten Büchern Daniel, Esra und Esther zu finden, 2) bedeutet das Wort, wie das althebr. חֹק auch dort vorwiegend nur ein einzelnes Gesetz, eine Verfügung, eine Sitte, nicht aber die offenbarte heilige Gotteslehre, letztere nur in dem Munde eines heidnischen Königs, (Esra 7, 12. 21), für den das „Gesetz des himmlischen Gottes" eben keinen heiligen Charakter hat; 3) wird die תּוֹרָה wohl אוֹר, nicht aber אֵשׁ genannt; denn Jerem. 23, 29. bezieht sich der Vergleich nur auf der Propheten Mahn- und Strafreden und deren zerstörende Wirkung; 4) scheint die Verschmelzung des Bildes mit dem verglichenen Gegenstande zu einem Begriffe gegen den Geist der Sprache zu sein; אוֹר צַדִּיקִים, אוֹר ה' u. dgl. bezeichnen das Licht, das ihnen (freilich bildlich) entströmt, nicht aber das, mit welchem sie verglichen werden: 5) wäre die Verschmelzung zweier Substantiva zu einem Worte, wie sie hier im Texte vorliegt, beispiellos; 6) müsste sich לְמוֹ auf Israel beziehen, was aus oben angeführtem Grunde unstatthaft; 7) wäre die Verbindung מִי אֵשׁדָּת לְמוֹ hart, weil ohne Prädicat. — Ich nehme, um diesen Schwierigkeiten zu entgehen, ein Verbum דָּת an, das gleich ראש

ursprünglich „sprossen" bedeutet. Schon Gesen. (Lex. s. v. רשא)
auf hat den mannichfachen Lautwechsel hingewiesen, welchen die
Wurzel רשא in den verwandten Dialecten erfährt: im Arab. geht
das א ganz verloren und im Chaldäischen steht es, nachdem ע
in ת verwandelt worden, bald vor, bald hinter diesem, wie Onkel.
zu Gen. 1, 11 תדאית ארעא דתאה zeigt. — Da sich nun auch
in den Verbis ציץ, u. נוץ, נצץ die überdies ihrer Natur nach
verwandten Bedeutungen strahlen und sprossen vereinigt
finden, so nehme ich für הות ebenfalls die Bedeutung „strahlen"
in Anspruch. Damit ist noch das Hiob. 41, 13 vorkommede דוץ
zu vergleichen, welchem Gesen. die Bedeutung „hüpfen," sprin-
gen vindicirt. In דת haben wir das Prädicat zu אש, und eine
Verschmelzung des Prädicats mit dem vorhergehenden Substantiv
zu einem Worte finden wir ausser unserer Stelle noch Jerem. 6, 29
מאשתם עפרת.

    V. 3. Das אף am Anfange des Verses deutet darauf, dass
auch „Heilige" auf Erden (nämlich das geheiligte Volk Israel)
Gottes Herrschaft anerkennen, wie Er aus der Mitte „heiliger
Myriaden" herniedergestiegen ist. — חובב übersetze ich nach
J. Esr. „Liebling," weil ich dem sonst nicht vorkommenden Zeit-
worte, dessen Piel (Pael) im Aram. „lieben" bedeutet, im Kal die
Bedeutung: „geliebt sein" vindicire, welche dies Verb auch im
Arabischen hat, wenn es med. J. ist. Es wird wohl ursprüngl.
innerlich sein bedeuten, dah. gehegt, geliebt werden, (verwandt mit חבא verbergen), dah. חב. Hiob 31, 33 d. Busen. —
Ueber die Verbindung חובב עמים als Superlativ ist Ewald
§. 501 nachzulesen, woselbst treffende Beispiele zu finden: Ez. 8,
24. רעי גוים, 1 Sam. 17, 40. חלקי אבנים, Hiob 36, 6. ערוץ,
נחלים ausserdem Ps. 47, 10. נדיבי עמים u. a. m. — Seine
Heiligen d. h. sie alle, die Geheiligten des Herrn. Dass es sich
nicht bloss auf die Auserwählten beziehe, welche der göttl.
Erscheinung näher getreten (Exod. 19, 22 u. nachher 24, 9), ist
mit Wahrscheinlichkeit aus dem 5. Verse zu entnehmen, nach
welchem „die Stämme Israels insgesammt" versammelt waren,
obgleich man es so verstehen könnte, das ganze Volk habe die
göttl. Sendung übernommen, während nur die Bevorzugten vom

vom Geiste der Prophetie g a n z erfüllt waren. Letztere Unter-
scheidung aber ist hier unwahrscheinlich, weil nur von der all-
gemeineren Theilnahme an d. Offenbarung und dem Ergriffensein
von derselben die Rede. — in Deiner Hand d. h. unter dem
Einflusse Deines sich offenbarenden Geistes. Es ist zu vergl. die
Ausdrucksweise ה׳ עליו יד ותהי Ez. 1, 3 u. oft, ferner ואל אצילי
ידו שלח לא בׄי Exod. 24, 11 nach d. entsprechenden Erklärung des Akedat Jizchak z. d. St. — und sie wiederum Gegensatz zu d. „heiligen Myriaden" im vor. V., die mehr an seine
Nähe gewöhnt. — תכו kann man entweder als Hophal von נכה
ansehen mit Verwandlung des ה in ת wie in תרגלתי Hos. 11, 3,
oder als Pual von dem sonst ungebräuchl. תכה = תכך (איש
תככים), unterdrücken. Jedenfalls bedeutet es, dass sie von der
Macht d. göttl. Erscheinung niedergeschmettert, und voll demü-
thiger Verehrung zu S. Füssen hingestreckt waren, vgl. sachlich
Exod. 20, 19. auch Num. 24, 4. — Bis hierhin war ein parenthe-
tischer Satz. — Alle Einzelnen waren v. d. Offenbarung ergriffen,
dah. erklärte d. Gesammtheit ihre Willigkeit, die Tora anzunehmen
und festzuhalten. — Zu ישא ist, wie öfter, קולו את zu ergänzen,
vgl. Ges. Wb. u. d. W. נשא 1, 9. Uebersetzt man ישא durch
„aufnehmen, annehmen" so muss man entweder das unförmliche,
ohne Analogie dastehende Wort מדברות gelten lassen, oder es
entsteht der schiefe Sinn, dass sie nur Einiges von Seinen Reden
aufgenommen haben. Auch wäre d. Zusammenhang mit d. folgenden Verse zerrissen. — Die Form דברה hat Analogien in בקרה,
בלהה, קלסה vgl. Ew. Gr. §. 331, und d. vorgesetzte Präposition
מן schildert lebendig, dass die Annahme des Gesetzes nach den
bei d. Offenbarung empfangenen Eindrücken beinahe unwillkür-
lich stattgefunden habe. — Der Wechsel der Person u. d. Zahl
ist in d. Verse bei d. bisherigen Erklärungen am Meisten störend.

V 4 nimmt man gewöhnlich für eine Erweiterung des Ge-
löbnisses: Alles was der Herr geredet, wollen wir thun (Exod. 19,
8). Danach muss מורשה als Prädicat zu תורה auf d. Zukunft bezogen werden. (Die T. soll ein Erbgut sein!) צוה muss als zukünftige Vergangenheit aufgefasst werden. (D. T., welche M. uns
geboten h a b e n w i r d, soll u s. w.), da die Rede ihren Stand-

punkt vor der Gesetzgebung hat. Ferner muss מוֹרָשָׁה dann
für den Stat. constr. steh'n od. קְהִלַּת für לְקְהִלַּת. Ausserdem
bleibt bei dieser Erklärungsweise auffallend, dass die ganze zu
erwartende (offenbarte) Lehre von vornherein ein Gebot Moscheh's und nicht Gottes genannt wird. Endlich ist durch die
Accentuation תּוֹרָה mit צִוָּה לָנוּ eng verbunden, von dem es
nach dieser Erklärung getrennt, dagegen מוֹרָשָׁה von קְהִלַּת יַעֲקֹב
getrennt, mit dem es verbunden sein müsste. — Darum zer-
lege ich den V. in zwei besondere Sätze: Eine Lehre (ruft Israel
am Sinai,) hat uns Moscheh geboten, nämlich die von M. damals
bereits im Auftrage des Herrn verkündete, dass Is. bestimmt
sei, dem Herrn „ein Schatz von allen Völkern,“ Sein vorzüglich-
stes Eigenthum zu werden (Exod. 19, 4—6.) Die Lehre nun be-
wahrheitet sich, indem der sich offenbarende Gott durch die
Macht Seiner überwältigenden Erscheinung für immer von den
Herzen Seines Volkes Besitz nimmt, und dies bekennt das Volk
mit dem Jubelrufe מְקִיּ: Gottes Eigenthum wird (in dieser Stunde)
die Gmde. Jak's. — Der Zusatz „Eig. Gottes“ ist wohl im Munde
des am Fusse des Sinai versammelten Volkes leicht zu ergänzen.
— נַחֲלָה ist der Besitz, den man sich bereits zugeeignet hat,
darum C. 32, 9: יַעֲקֹב חֶבֶל נַחֲלָתוֹ, dagegen מוֹרָשָׁה der Besitz,
während er angeeignet wird oder, insofern man noch an die
Aneignung denkt, darum: Eigth. wird. — תּוֹרָה am Anfang des
Verses steht hier in prägnantem Sinne für: eine wahre Lehre,
eine L., die sich bestätigt, oder an der wir festhalten wollen!
Vgl. z. B. Ps. 78, 5: וְתוֹרָה שָׂם בְּיִ. —

V. 5 enthält das Resultat der Offenbarung und das Resultat
der vorhergehenden Verse: die Erwählung des Herrn zum Könige
Israels, die nicht von Einzelnen, sondern von der Gesammtheit
vollzogen worden. רָאשֵׁי עָם kann nicht Volkshäupter bedeuten, da es dann mit dem Artikel רָאשֵׁי הָעָם heissen müsste
und auch mit יַחַד שִׁבְטֵי יִשׂ im Widerspruch wäre. רֹאשׁ in
d. Bedeutung „Haufen“ findet sich auch sonst oft. רָאשֵׁי עָם
repräsentirt hier die bunt durcheinander wogenden Volksmassen,
die zugleich als שִׁבְטֵי יִשׂ wohlgeordnet sind; ähnlich ist Cap.
29, 9 רָאשֵׁיכֶם שִׁבְטֵיכֶם zu verstehen. — Anstatt בִּישׁ מֶלֶךְ

erwartet man d. umgekehrte Wortstellg., wenn es nach Z., H., Ph. heissen soll: Er ward König.

V. 6. Wenn nach d. gewöhnl. Erklärung nicht an die künftige Zahlenverminderung und das hierdurch naheliegende Aussterben des Stammes Ruben gedacht werden dürfte, so enthielte das: „Er lebe und sterbe nicht" eine lästige Wiederholung. Lästig und prosaisch klingt dann besonders nach J. E. die Erklärung des אל ימות durch אל יהי מתיו מספר, welches Ph. gar durch „s. M. Zahl sei gross" wieder giebt, wogegen besonders zu erinnern, dass der Leser nicht nothwendig an das zu ergänzende אל denkt und dann leicht den entgegengesetzten Sinn erhält. מספר bedeutet allerdings immer eine beschränkte Anzahl, also im Verhältniss zu grosser Menge freilich Wenig, aber doch immer Mehr, als nach gänzlichem Untergange. Eine so „magere" (Ph.) Verheissung darf bei einem prophetischen Segen nicht befremden. Ihre Erfüllung ist wohl überdies auch von vornherein dadurch wahrscheinlich, dass Reuben seinen Antheil an der südöstlichen Grenze erhielt, also den Angriffen feindl. Nachbarvölker besonders ausgesetzt war.

V. 7. versetzt uns in eine Zeit, da Jehudah siegreich aus einem Kampfe heimkehrt, (worin die stillschweigende Verheissung liegt, dass dies oft der Fall sein werde,) und Gott um glückliche Heimkehr wie um Abhaltung feindlicher Einfälle von seinem Lande anfleht. Die erflehte Hilfe Gottes bildet einen gewissen Gegensatz zu den kämpfenden Menschenarmen. — Wenn רב „genug" bedeuten könnte, wie J. E. will, so würde man das Wort in dieser Bedeutung hier als Prädicat zu ידיו im Plural und wegen der engen Verbindung mit לו durch Makkif verbunden und mit Patach punctirt erwarten, vgl. C. 3, 26; Num. 16, 3 u. a. St.; d. Uebers.: „an seiner Seite streite für ihn" (Z.) ist ungrammatisch, weil רב (row) kein Imperativ sein kann. Die Auslassung der Präposition ב vor ידיו ist um so leichter zu erklären, weil die Arme eigentl. d. kämpfenden sind, vgl. Ps. 18, 15. — Ph. hat mit Recht hier in Jehuda einen Vorkämpfer Israels erkannt (vgl. Richt. 1, 1 ff.) und לו wie d. Suffix von מצריו auf עמו bezogen, worunter ganz Israel zu verstehen; doch erscheint seine Theilung

des Verses in Vorder- und Nachsatz gesucht. — Wollte man לו
auf Jehudah beziehn, so könnte עמו in allgemeinem Sinne die
„Leute," die zurückgebliebenen Stammesgenossen bedeuten, vgl.
d. Anm. zu C. 32, 50. — Die Präposition מן vor צָרָיו deutet
darauf hin, dass nicht gegen kämpfende, sondern gegen vielleicht
wieder einfallend Feeinde H. erfleht wird, vgl. V. 11 מ' מן יקומון.

V. 8. In תֻּמֶּךָ וְאוּרֶיךָ scheint eine beabsichtigte Zwei-
deutigkeit zu liegen, der Hinweis auf die Heiligthümer im Brust-
schilde des Hohenpriesters und zugleich auf das Gesetz und die
Lehre, welche der Stamm Levi zunächst zu verkünden berufen
ist. תֻּמִּים ist in diesem Sinne der erweiterte Begriff v. תָּם, die
fleckenlose Rechtschaffenheit. — חסיד ist nur ein (Gott) erge-
bener Mann, der G. liebt, dah. David ohne Hochmuth von sich
rühmen darf חסיד אני. Der איש חסיד ist hier der ganze Stamm
Levi, da הָאֹמֵר וגו' auf Aharon schlecht passen würde. מסה
ist nach d. Sifri, J. E. u. d. Neueren in der allgemeinen Bedeutung „Prüfungsort" genommen, weil aus dem folgenden Verse
ersichtlich, dass von der beim goldnen Kalbe bewiesenen Treue
die Rede, und weil es sich Moscheh wohl nicht als besonderes
Verdienst angerechnet hat, dass er in Massa (Exod. 17, 7) dem
göttlichen Befehle (wie sonst oft) Folge geleistet habe. Im Gegen-
theile rühmt er mit selbstverleugnender Demuth, dass G. an Levi
keinen andern Makel gefunden, als den von ihm selbst (von M.)
begangenen Fehltritt. Korachs Empörung ist dabei absichtlich
übergangen, obgleich er zuletzt (V. 11) leise darauf hindeutet.
תריבהו haben Z., H. und Ph. mit Unrecht als Präteritum übertragen.

V. 9. von V. u. M., nicht: zu V. u. M. (Z., Ph., richtig H.)
weg. d. folg. ראיתיו, das weg. d. Einzahl als allgemeiner Satz,
ohne directe Beziehung auf V. u. M., zu verstehn. — אמרתך
ist wohl nicht das gesammte Gotteswort, sondern das einzelne
Verbot des Bilderdienstes und Moscheh's Befehl, die Anbeter des
Kalbes zu tödten. Wollten sie w. wegen des Futurs; dass
die Absicht zunächst eine vergangene, ist aus dem coordinirten
Präteritum zu ersehen, das freilich ohne Grund von Z., H., Ph.
durch ein aoristisches Präsens übersetzt worden. — Das Futur

יִנְצְרוֹ bildet den Uebergang zu den folgenden Sätzen, die wirklich auf Gegenwart und Zukunft zu beziehn.

V. 10 enthält, zum Anfang des Segens zurückkehrend, den Lohn für die bewiesene Treue, vgl. Exod. C. 32, 29.

V. 11. Die Kraft ist wohl zunächst das Ansehen, dessen der Stamm Levi zum Lehren und zum Dienste im Heiligthume bedarf, und die „Widersacher" sind Diejenigen, welche ihm diese bevorzugte Stellung streitig machen. — מחץ hat als doppeltes Object die verwundete Person und den verletzten Körpertheil. J. E. bemerkt schon, dass קמיו nächstes Object zu מחץ, daher man nicht übersetzen darf: die Lenden seiner W. (Z., H., Ph.)

V. 12. der über ihm schwebt u. s. w. Das Bild ist vom Adler entlehnt, der „den ganzen Tag" über seinem Neste schirmend schwebt (vgl. C. 32, 11) und sein Nachtlager inmitten seiner Jungen hat. So zum Theil Herder (citirt bei H., Ph.) — כתפיו ist durch Grenzen übersetzt, weil das Wort bei Ortsbestimmung oft (z. B. Num. 34, 11) die Bedeutung „Seite, Grenze" hat, und „zwischen seinen Schultern" ein unpassendes Bild ist, der Tempel auch nicht in einem Thale, sondern, wie z. B. Ps. 68, 16 hervorgehoben wird, auf einem ragenden Berge und ausserdem am Ende des Benjamin. Gebietes, eben noch „innerhalb seiner Grenzen" stand.

Gegen Herders Erklärung, wonach (ohne Anspielung auf den Tempel) Benj. zwischen Gottes Schultern ruht, wie das Junge auf d. Adler, habe ich zu erinnern, dass nach C. 32, 11 der Adler seine Jungen nur dann zu tragen scheint, wenn er sie an einen andern Ort bringen will; auch dürfte das dortige עַל אֶבְרָתוֹ dem בֵּין כְּתֵפָיו nicht ganz entsprechen. Sonst wäre dies eine passende Erläuterung des יִשְׁכּוֹן עָלָיו, wenn nicht ausserdem der zweimalige Wechsel des Subjects befremden müsste.

V. 13. Ad.'s Segen empfängt habe ich מְבֹרֶכֶת übersetzt, weil auf das darin liegende בְּרָכָה sich תְּבוֹאתָה in V. 16 bezieht, auch die Präposit. מִן dann ihrem Sinne gemäss übertragen werden kann. — מֶגֶד das Edelste, Schätzbarste, der Schatz. - Die unten lagernde Fluth giebt d. Lande ebenf.

Feuchtigkeit. V. 14. **Trieb d. Monde** nach Raschi's zweiter Erkl.: was allmonatlich oder im Jahre oftmals zur Reife kommt.

V. 15. Da auf d. **Gipfel der Urgebirge** meist nur Schnee lagert, und am Wenigsten **Gewürze** wachsen (M.), ראש auch nicht Gewürze bedeutet, muss man das Wort mit d. meisten neueren Erkl. wie sonst nicht selten (z. B. 2 Sam. 23, 18, Ps. 137, 6. H. L. 4. 14) = ראשית, hier synonym mit מגד, das **Vorzüglichste** übersetzen. — Gemeint sind entweder die Früchte, die an hohen Bergen am Besten gedeihen, od. d. Erzreichthum in denselben. V. 16 מגד ארץ ומ' fasst das in d. vor Vv. Genannte noch einmal als den **natürlichen** Segen des Landes zusammen; dem gegenüber steht רצון ש"ם zu welchem d. Präpos. מן aus dem früheren Satzgliede zu ergänzen, als der **übernatürliche** Segen. נזיר v, נזר = זור bei Seite treten, bedeutet urspr. einen **Ausgezeichneten**; die Bedeutung **Krone** in נזר ist erst hiervon abgeleitet. — Das Subject zu תבאתה liegt in מברכת V 13. Z. u. Ph. beziehn es auf רצון ש', ohne d. Ethnach unter סנה oder d. grammt. Genus von רצון zu berücksichtigen.

V. 17. **Sein Erstgeborener eines Stiers.** Das Suffix gehört eigentl. zu בכור wie i. הר קדשׁי Ps. 2, 6, שם קדשי Lev. 20, 3, כלי מלחמתו Deut. 1, 41 zu d. erst. Ww., vgl. Ew. Gr. §. 513. Erstgeborener eines Stiers, d. h. ein kräftiger, jugendmuthiger St. Mit diesem wird ein ausgezeichneter Mann aus dem Stamme Joseph verglichen, und da חדר לו an ונתת מהודה עליו Num. 27, 20 erinnert, ist nach d. Midrasch der erwählte Nachfolger Moscheh's, Josuah darunter zu verstehn. Vgl. V. 22.: D. ist d Junge eines Löwen. — „Sein erstgeborener St." (M., Z., H,) würde den schiefen Sinn geben, als würden hier noch Andere als Stiere bezeichnet. Die Uebersetzung wäre ausserdem grammat. unrichtig, wenn sie nicht den Sinn der meinigen mit anderen Worten geben will. — „Sein Stier ist Erstgeborener" und „Sein Erstg. ein Stier" (Ph.) ist ersteres sachlich und letztens sprachlich unhaltbar. — **insgesammt**, d. h. alle u. gänzlich. — **Enden der Erde** ist ein allgemeiner, auch sonst immer weite Länderstrecken bezeichnender Ausdruck, der hier, freil. hyperbolisch, für das ganze Land Israel gebraucht ist. Zu verstehn sind natürlich die

Bewohner, für welche, wie sonst oft, das Land gesetzt ist. Das von Onkel. zur Erläuterung hinzugefügte: „bis an die E." ist in d. Uebersetzung überflüssig. — das sind, näml. die Hörner des Stiers (Abendana Not. zu B. Mel.). Wie der Führer mit einem majestätischen Stier, so werden seine Stammesgenossen, Ephr. u. Man., mit den diesem zur Waffe dienenden Hörnern ei nes Reem verglichen, welchem Vergleiche überdies auch die Lage d. diesen beiden Stämmen zugewiesenen Landstriche ent-spricht. Hiermit is freilich H.'s. Erklärung unvereinbar, wonach der ganze St. Ephrajim בְּכוֹר שׁוֹרוֹ genannt würde.

V. 18, 19. Sebulun stand nach Gen. 49, 13 in Handelsver-kehr mit den in seine Häfen einlaufenden Seeschiffen; Jissachar trieb nach ib. V. 14, 15. hauptsächlich Viehzucht, wozu die ge-birgige Gegend besonders geeignet war, vielleicht auch Acker-bau. Das בְּצֵאתְךָ bezieht sich demnach auf das Ausziehn in Handelsgeschäften. אֹהָלֶיךָ sind die Zelte der mit ihren Herden umherziehenden Hirten. Die „Völker, welche sie zur Höhe rufen', können nicht die auf Schiffen herbeikommenden sein, denn diese würden als Ausländer wohl durch גּוֹיִם bezeichnet werden; auch ist Sebulun der zu Handelsgeschäften „ausziehende" Stamm, folglich kamen die Kaufleute nicht zum Verkaufe in sein Gebiet: endlich scheinen die עַמִּים zunächst die Opfernden zu sein, und die fremden Verkäufer hätten zur Zeit des Opferns bereits des Meeres Ueberfluss aufgesogen, während יִינָקוּ im Fu-tur steht. Demnach sind die „Völker" hier die Käufer der durch Seb.'s Vermittlung beschafften Waaren, und zwar, da israelitische Kaufleute wohl kaum neben den benachbarten Phöniciern einen weitreichenden Absatz finden konnten, zunächst die anderen israe-litischen Stämme, zu denen wiederum die „Opfer der Frömmig-keit" am Besten passen. Danach ist עַמִּים hier wieder (vrgl. Anm. zu C. 32, 50.) in dem allgemeinen Sinne als Volksmen-gen zu fassen. — Unter dem „Berge" ist schwerl. der Tempel-berg zu verstehen, da dieser nicht ohne nähere Bezeichnung ge-lassen, mindestens durch den Artikel angedeutet sein würde, und weil hier zunächst von abzuschliessenden Handelsgeschäften die Rede. Es ist also einfach das Hochland, welches die beiden

Stämme bewohnten vgl. Talm. bab. Meg. 6, b: „Sebulun sprach:
Mir hast du Berge und Hügel gegeben etc. Der Accusat. ohne
Präpos. nach Verbis der Bewegung ist häufig, v. Ges. Lehrgeb.
§. 178, 1, a. Die Hervorhebung des Ortes durch שם beweist,
dass die Opfernden eben da nicht zu Hause sind: also sind es
die fremden Käufer.   Die זבחי צדק kann man nicht mit Ph.
Bibelw. für blosse, „fröhliche mit gerechten Mitteln ausgerüstete
Mahlzeiten“ halten, da derselbe Ausdruck Ps. 4. 6 und besonders
Ps. 51, 21 entschieden für auf dem Altare Gottes dargebrachte
„Opfer der Frömmigkeit“ gebraucht wird. Dass hier, und zwar
wahrscheinlich von Israeliten, ausserhalb des allgemeinen Heilig-
thums gepfert wird, darf nicht befremden, da ja nicht gerade
von der Zeit des Tempelbestandes die Rede, obwohl auf diese
nach unserer Erklärung oben V. 12. entfernt hingedeutet worden.
— Die Kaufenden freuen sich über den Eintausch der erworbenen
seltenen Waaren. — כי שׁ"י יינקו zunächst: denn sie werden
etc., dann mit Beziehung auf יזב' וצ" dafür, dass sie u. s. w.
— Wäre שׁפני = צפוני und hier gleichbedeutend mit טמוני,
wie d. meist. Erkl, annehmen, so wäre dies eine sehr lästige, weil
inhaltleere Wiederholung. Ausserdem müssten wohl beide Par-
ticipien die weibliche Endung haben, welche zur Bezeichnung
von Sachen für unser Neutrum die gewöhnliche ist, vgl. Gesen.
Lehrg. §. 169. Auch deutet die Accentuation auf eine Trennung
in d. Beziehung der beiden Worte. B. Melech hat richtig dies
שׁפני mit dem späteren ספון (V. 21) combinirt und von ספן
überwölben, bedecken abgeleitet. Aber auch ihm ist es
gleichbedeutend mit טמוני. Ich gebe dem W. hier, wie später,
die Bedeutungen decken, sichern, hier mehr: versorgen.
Das auf d. עמים zu beziehende Particip שׁפני ist hier von טמוני
חול als der Ursache des bezeichneten Zustandes abhängig, vgl.
Ew. Gr. §. 503 u. Beispiele מטועני חרב, בעולת בעל, ילוד אשה
u. dgl. m. ספן wird überdies auch m. doppeltem Accus. verbunden
z. B. 1. Kön. 6, 9, ויספון את הבית גבים, u. bei d. passiv. Wen-
dung kann ein Accus. stehn bleiben. Die so entstehende aus-
drucksvolle Paronomasie (gedeckt durch d. Verdeckte, geborgen
durch d. Verborgene) zu erhalten, ist das Neutrum hier, wie

dies in selteneren Fällen geschieht, durch d. Masculinum ausge-drückt worden, und die Construction mit כי in einen Participial-satz übergegangen. Bei שֶׁפַע יַמִּים hat man wegen des Plur. „Meere" wohl nicht bloss an Seeschiffe u. dgl., sondern auch an aus fernen Meeren hingebrachte Waaren, bei טְמוּנֵי חוֹל an Korallen, Perlen und dgl. zu denken, die im Sande des Meeres-grundes, vielleicht auch nach einer Fluth im Sande des Gestades verborgen ruhen. Ph. will unter Letzterem, um dem Stamme Jissachar einen Antheil am Gewinne zu sichern, „die durch Acker-bau u. Viehzucht zu Tage geförderten Schätze" verstehen. Allein חוֹל ist immer nur der Sand des Meeres, und eine sandige Gegend ist auch weder zu Viehzucht, noch zu Ackerbau geeignet. Jiss. ist entweder, obwohl in den Zelten bleibend, an dem Handel mit fremden Producten irgendwie betheiligt gewesen, oder der durch Seb. Handel belebte Verkehr brachte ihm auch vermehrten Absatz seiner ländlichen Producte. Vielleicht hat auch die vom Midrasch angenommene Verbindung zwischen den beiden Stämmen in der Weise stattgefunden, dass Jissachar, während Seb. in Handels-geschäften auszog, dieses Stammes Herden mit den seinigen wei-dete und dafür nachher einen entsprechenden Antheil am Gewinne erhielt. Dann wäre auch in V. 18, wie die Aufschrift besagt, nur Sebulum angeredet, und יִשָּׂשֹׂכָר בְּאֹהָלֶיךָ wäre zu erklären: Und Jiss. (freue sich indessen) in Deinen (Seb.'s) Zelten! V. 20. Ob לָבִיא eine Löwin bedeute, wie Bochart behauptet, ist noch zwei-felhaft. — Nachdem er abgerissen, d. h. er liegt in stolzer Ruhe, wie ein Löwe, der eben seine Beute zerrissen hat, vgl. Gen. 49, 9: Vom Raube, mein Sohn, bist Du gekommen — „u. reisset Arm etc." (M., Z., H., Ph.) scheint unrichtig. Denn als Satz für sich, gewohnheitsmässiges Thun bezeichnend, müsste es im Par-ticip oder Futurum stehn. Als Fortsetzung des Satzgliedes כִּי שָׁכֵן aber und als Folge desselben (vgl. Ew. Gr. §. 612, 2.) wäre es sachlich unrichtig, da der Löwe sich nicht zur Ruhe legt, um zu zerreissen, sondern wenn er zerrissen hat. Zu der Construction כְּלָבִיא שָׁ' וְטָרַף welcher sich gelagert hat, und er hat zerrissen, für: nachd. er abgerissen hat, vgl. Jer. 14, 15. הַנִּבְּאִים בִּשְׁמִי וַאֲנִי לֹא שְׁלַחְתִּים, wo ebenfalls der Participalsatz durch ein

verbum finitum fortgesetzt wird, vgl. auch Gen. 11, 4 וראש ומגדל
בשמים Ps. 35, 5. 6 u. a. St. V. 21 ראשית ist wohl hier, wie
oben V. 15 ראש: das Vorzüglichste. Denn als solches wird das
Land sogleich geschildert. „Ersttheil" bedeutet dasselbe. Den
„ersten" Landstrich, welchen Israel erobert hat, bekam nicht Gad.
sond. Reuben, der am Südlichsten wohnte. ספון bedeutet: ge-
sichert, geborgen, wie oben שפון (V. 19.) vgl. Chaggai 1, 4
ספונים בבתיכם לשבת. — Vor חלקת lässt sich nach der
Ortsbestimmung leicht d. Präposit. ב ergänzen, vgl. Gen. 24, 23; 45, 16;
Kohel. 11, 3. u. a. St., vgl. Ges. Lehrgeb. p. 685. Der Sinn ist:
in dem eingenommenen Gebiete, das (durch seine natürliche Be-
schaffenheit) für einen herrschenden, tonangebenden Stamm geeignet ist, wohnt Gad (od. wohnt man) sicher. Das הוא nach ספון
ist ausgelassen, weil der Satz sich nicht allein direct auf Gad zu
beziehen braucht, sondern auch allgemein zu fassen ist, insofern
jeder da Wohnende sicher ist. Zur sachlichen Begründung vgl.
d. vor. V. u. Num. 32, 35, wo von allen durch d. ostjordan. Stämmen erbauten (wohl nur wiederhergestellten) Städten, die Städte
des St. Gad allein als ערי מבצר bezeichnet werden. Aehnlich
erklärt schon J. E. Die ע' מבצר das. V 17 brauchen nicht
Eigenthum d. anderen Stämme gewesen zu sein. — Man könnte
auch, ohne d. Präpos. zu ergänzen, so übersetzen: dort ist das
Gebiet eines Herrschers. Der trennende Accent unter מחקק steht
dann aus dem Grunde, weil ספון nicht Attribut, sondern Begründung zu מח' ist. Es soll nicht heissen: eines gesicherten
Herrschers, sondern eines H.'s, insofern der da Wohnende sicher
ist. Doch würde man dann הוא für שם erwarten. Ein Heerführer (Ph.) ist jedenfalls in מחקק nicht zu suchen; denn auch
Richt. 5, 14 sind d. מחקקים nicht Heerführer, wie Ges. Wb.
irrthüml. annimmt. An Moscheh's Grab zu denken, liegt aus
mancherlei Gründen fern, unter anderen, weil Nebo zu Rubens
Besitz gehörte, vgl. Num. 32, 38. — ויתא ראשי עם heisst nicht:
er kam an d. Spitze des Volkes (M., Z., H., Ph.); dies würde
בראש העם heissen, sondern: er kam herbei mit Volkshaufen.
Der Nom. ראשי עם darf nicht befremden, da die kommenden
Volkshaufen eben den Stämm G. bilden. — צדקת ה' עשה

könnte noch allenfalls nach der üblichen Erklärung heissen: Er hat Gerechtigkeit vor Gott geübt. Aber מִשְׁפָּטִין heisst niemals: seine gegen Jsrael übernommenen Pflichten (M.), sondern entweder: seine (Gad zustehenden) Rechte (Ps. 9, 5, Hiob. 27, 2 u. oft), oder: Gottes Gesetze, oder: Gottes Strafgerichte. Da nun die erste Bedeutung gar nicht hierher passt, die zweite zu allgemein ist u. jedenfalls עַם יִשְׂרָאֵל nicht zu מִשְׁפָּטִין sondern zu עָשָׂה gezogen werden muss, so sind unter מִשְׁפָּטִין (nach Rosenm., H.) nur die an den Kanaanitern zu übenden Strafgerichte Gottes zu verstehen. Da diese aber nicht den Hauptzweck des heiligen Krieges ausmachten, sondern die Erorberung des Landes für Jsrael, so deutet man auch צִדְקַת ה׳ am Besten, als „die Jsrael von Gott zugedachte Wohlthat‘‘, wie ja auch sonst oft צְדָקָה u. מִשְׁפָּט die beiden Seiten der (von Menschen nachzuahmenden) göttl. Waltung ausdrücken. Gad hat zunächst diese beiden Zwecke (schon in d. bish. Kämpfen und nachher, wie prophetisch verkündet wird, auch in d. späteren Kriege) verwirklichen geholfen; in diesem heiligen Kampfe hat er aber auch mit d. übrigen Jsrael zusammengewirkt, also auch seine Pflichten geg. Jsrael erfüllt. So ist als mehr untergeordnetes Moment, das an den Kanaanitern geübte „Strafgericht‘‘ der Jsrael zugewendeten „göttl. Wohlthat‘‘, beiden aber zuletzt „die Gemeinschaft mit Jsrael‘‘ nachgestellt.

V. 22. Da Dan seinen Wohnsitz nicht in der Nähe des Baschan erhielt, so ist יוֹנֵק מִן הַבָּ nicht auf Dan, (Ph. u. A.) sondern auf den Löwen zu beziehn, wenn man auch keine directen „Nachrichten haben sollte, dass dieses Gebirge besonders viele Löwen hatte.‘‘ Wenn Löwen überhaupt, wie Bochart (Hieroz. p. 722) bemerkt, im heiligen Lande häufig waren, nicht nur auf dem Hermon und d. benachbarten Bergen (H. L. 4, 8), sondern auch in sonstigen Waldungen (Jerem. 5, 6), gelegentl. auch in d. Nähe von Städten (1 Kön. 13, 24, ib., 20, 36) und besonders häufig in der Umgebung des Jordan (Jerem. 49, 19; 50, 44) gefunden wurden, warum sollten sie nicht auch auf dem waldigen Baschangebirge gehaust haben? Sollte dies aber auch später nicht der Fall gewesen sein, so nehme ich lieber an, dass die Löwen ihren Aufenthaltsort gewechsalt haben, als dass von Moscheh der Wohnsitz

Dan's unrichtig angegeben sei. — Ueber יֹנֵק schiessen, vgl. Gesen. Wb. s. v. u. d. talmud. Sprachgebrauch. V. 23. Da יְרֵשָׁה ein Imperat., muss לְנַפְתָּלִי „z u N." übersetzt werden. יָם וְדָרוֹם brauchst nicht auf d. Süd. u. W. des ganzen Landes Kanaan bezogen zu werden (H.), sondern auf d. S. u. W. des sogleich Anfangs eroberten Landes, vgl. jedoch Richt. 1, 33.

V. 24. יְהִי רְצוּי א' fasse ich wegen der veränderten Ausdrucksweise, und weil durch diese wie durch den Inhalt dies Satzglied weder zu dem früheren noch zu den folgenden passt, als eine parenthetische Einschiebung: möge er auch von seinen Brüdern geliebt sein und ihren Neid nicht erwecken durch die Fülle des ihm gewordenen Segens! Bei der Verbindung eines Substant. mit einem davon abhängigen passiven Particip ist diese Auffassung überdies zunächstliegend. — Die Fülle des Oels ist als besonders augenfälliger Segen Aschers hervorgehoben. — V. 25 u. ff. Da in allen bisherigen Segenssprüchen mit einziger Ausnahme der kurzen Zurufe „Freue Dich, Sebulum", (V. 18) und „in Westen u. Süden mache Eroberung" (V. 23) alle gesegneten Stämme in d. dritten Person eingeführt werden, u. so auch Ascher im vor. V., so lässt man gut mit Raschi hier den allgemeinen, für ganz Jsr. bestimmten Segen beginnen, obgleich erst im nächsten V. Jeschurun genannt ist.

V. 25. Riegel und Schlösser pflegen auch ausserhalb Palästina's von Eisen zu sein, auch heisst ein Schloss sonst מַנְעוּל z. B. H. L. 5, 5 u. ein Riegel בְּרִיחַ. Aus ersterem Grunde schon ist der Ausdruck: E. u. K. d. Riegel (Z., H., B, Ph. nach Raschi) weder zu einem besondern Segen noch zu einem Bilde der Stärke geeignet. Es ist vielmehr מִנְעָל wie מִדְרַךְ מִשְׁעָל mit B Mel. für den Ort zu nehmen, auf den man den Schuh (נַעַל) setzt Der Segen entspricht dem „Lande, dessen Steine Eisen, aus dessen Bergen Du Erz schlägst", (Deut. 8, 9), und es sollen noch jetzt eisenhalt. Steine in ganz Kan. sehr häuf. sein (Raum. Geogr. p. 96). Dem anderen dort genannten Ueberflusse würde das דָּבְאָךְ entsprechen, wenn man die Wurzel דְבָא mit dem Midr. (Not. zu B. Mel., H.) für eine Erweiterung des chaldäischen Stammes דּוּב = זוּב nimmt, wie ja das Land überfliessend von Milch und

Honig genannt wird. Analog ist z. B. die Erweiterung von גַב zu גַבָּא. — Bedeutet das Wort. wie Onk. u. and. Erkl. annehmen: Stärke, Kraft, so wäre d, Sinn: Eisenreich ist dein Boden, u. eisenfest deine Kraft. — Zu כִּימֶיךָ vgl. C. 11, 21: „wie die Tage des Himmels über der Erde,“ also = alle deine Tage. Es könnte auch erklärt werden: Wie Deine Tage (zunehmen), ebenso (wächst) Dein Ueberfluss.

V. 26. Gleicht dem Gotte, J., der u. s. w. Der Artikel ist von d. Erkl. (Z., H., Ph.) übersehen, auch d. enge Verbindung mit d. folgg. Participialsätzen. Eben nur der Jsr. beschützende Gott ist unvergleichlich. — רכב bedeutet zunächst nicht: einher-fahren (Z., H., Ph.), sond.: auf, über Etwas sitzen, thronen, so auch Ps, 65, 5 „der auf d. Wolken thront“ vgl. auch C. 32, 13

Nach d. letzten Versgliede ist wieder „dir zur Hilfe ist“ hinzuzudenken. —

V. 27. מְעוֹנָה Zufluchtstätte, Burg nicht: Zuflucht (Z. Ph.) weil das Wort im Hebr. ursprüngl. „Wohnung“ bedeutet. (im Arab,: Hilfe) vgl. C. 26, 15 u. sonst. ← Aber die feste Wohnung giebt Schutz von oben, die ewigen Arme Gtts. halten v. unten. Darin liegt d. Gegensatz, den H. bei d. Erklärung vermisst. — Zweit. Gl.: Isr. braucht nur den Rest der Feinde zu vertilgen, nicht zu kämpfen. —

V. 28. besetzte sich, nicht: wohnte (Z., H., Ph.) wegen des nachfolgenden אֶל אֶרֶץ. Der Quell Jakobs Jes. 48, 1; Ps. 68, 27) ergoss sich in ein Land etc.. Z. u. Ph. haben übersehen, dass בְּטַח בָּדָד durch d. Accente. verbunden sind. H. bezieht beide Worte auf וְיִשְׁכּוֹן, ist aber dadurch genöthigt, alle drei Worte nochmals zu ergänzen. Nach meiner Erklärung steht בְּטַח בָּדָד dem וְיִשְׁכּוֹן prallell. — Ueber טל יַרְעֲפוּ vrgl. Anm. zu C. 32. 2. —

V. 29. וַאֲשֶׁר חֶרֶב גּ׳. Die Aenderung der Construction darf in d. Uebers. nicht unbeachtet bleiben: Gott ist nicht nur der Beschützer Isr.'s, sond. er hilft ihm auch durch Eroberung zu Hoheit gelangen. — יִכָּחֲשׁוּ könnte man bei אֹיְבֶיךָ gut durch „sich verläugnen“ (H.) übers., wenn nicht 2 Kön. 22, 45 יְתְכַּחֲשׁוּ bei בְּנֵי נֵכָר stände. ______

Cap. 34.

V. 3. כבר übersetze ich „Kessel“, weil man damit am Passendsten eine tiefliegende, meist von Bergen umschlossene Ebene bezeichnet, als welche der sogen. „Umkreis des Jordans“ geschildert wird. Diese letzere Bezeichnung scheint mir ziemlich inhaltleer, zumal, wenn, wie in unserer Stelle, „der Umkreis“ allein steht. Auch etymologisch steht כבר dem כיור, Kessel nicht fern.

V. 7. נם Kimchi (citirt v. B. Mel.) findet die Bedeutung „fliehen“ hier unpassend u. zieht die Bedeutung „vertrockenen“ vor, die d. W. im Arab. haben soll. Vielleicht ist es jedoch mit נמס verwandt, das Jes. 10, 18: „hinschwinden, krank sein“ bedeutet. V. 10. ולא aber nicht bildet den Gegensatz zu d. Schilderung d. Weisht, die nach d. vor V. Josuah zu Theil geworden. ידעו kann hier ebenso wenig: „kennen“ bedeuten, wie Exod. 33, 12 ידעתיך בשם. Das Wort bedeutet auch „an Etwas denken, es beachten, bedenken“ vgl. Ges. Wb. s. v. 6), und in dieser Bedeutung ist es hier zu nehmen. — לכל האתות u. d. Folg. bezieht sich dann auch nicht, wie d. Ueberss. es nehmen, auf לא קם sondern es ist die Erklärung zu ידעו: Gott hat auf M. von A. zu A. (d. h. unmittelbar) Seine Aufmerksamkeit gerichtet u. ihn dadurch mit der erforderlichen Kraft ausgerüstet, um durch ihn die Zeichen u. s. w. vollbringen zu lassen. M.'s. Wirksamkeit war eine Folge der ihm zugewandten göttl. Aufmerksamkeit.

V. 11. לפרעה ולכל וגו' kann nicht mit d. Ueberss. auf לעשות bezogen werden, da sonst (vor dem Objecte der strafenden, also feindlicher Wirksamkeit) d. Präpos. ב stehen müsste. Vielmehr bezieht es sich auf שלחו.

Düsseldorf, Hofbuchdruckerei von Voss & Comp.